# Formas simples

**STEVE WAY y FELICIA LAW**
**Ilustrado por MARK BEECH**

everest

# Formas simples

## Contenidos

# Tablas de conversión

### MEDIDAS DE LONGITUD

| | | | |
|---|---|---|---|
| pulgadas (in) a centímetros (cm) | multiplicar por | | 2,5 |
| pies (ft) a centímetros (cm) | " | " | 30,0 |
| yardas (yd) a metros (m) | " | " | 0,9 |
| millas (mi) a kilómetros (km) | " | " | 1,6 |

### MEDIDAS DE SUPERFICIE

| | | | |
|---|---|---|---|
| pulgadas cuadradas (in²) a centímetros cuadrados (cm²) | multiplicar por | | 6,5 |
| pies cuadrados (ft²) a centímetros cuadrados (cm²) | " | " | 0,09 |
| yardas cuadradas (yd²) a metros cuadrados (m²) " | " | " | 0,8 |
| millas cuadradas (mi²) a kilómetros cuadrados (km²) | " | " | 2,6 |
| acres a hectáreas (ha) | " | " | 0,4 |

### MEDIDAS DE PESO

| | | | |
|---|---|---|---|
| onzas (oz) a gramos (g) | multiplicar por | | 28 |
| libras (lb) a kilogramos (kg) | " | " | 0,45 |
| toneladas (2 000 libras) a toneladas (t) cortas metricas | " | " | 0,9 |

### MEDIDAS DE VOLUMEN

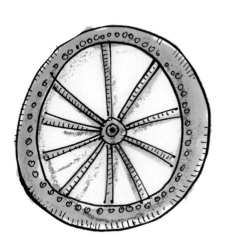

| | | | |
|---|---|---|---|
| pulgadas cúbicas (in³) a mililitros (ml) | multiplicar por | | 16 |
| onzas fluidas (fl oz) a mililitros (ml) | " | " | 30 |
| copas (c) a litros (l) | " | " | 0,24 |
| pintas (pt) a litros (l) | " | " | 0,47 |
| cuartos (qt) a litros (l) | " | " | 0,95 |
| galones (gal) a litros (l) | " | " | 3,8 |
| pies cúbicos (ft³) a metros cúbicos (m³) | " | | 0,003 |
| yardas cúbicas (yd³) a metros cúbicos (m³) | " | | 0,76 |

### TEMPERATURAS

Grados Celsius o centígrados (°C) a grados Farenheit (°F) multiplicamos por 9, dividimos entre 5 y sumamos 32

Grados Farenheit (°F) a grados Celsius o centígrados (°C) restamos 32, multiplicamos por 5 y dividimos entre 9

# Nuestra forma

Todo lo que existe tiene una forma particular; a veces plana, como el dibujo de una alfombra, y a veces tridimensional, ¡como nosotros!; en ocasiones rígida, como los azulejos de un baño, y en otras flexible, como una goma elástica o nuestros cuerpos, que se doblan, tuercen o estiran a voluntad.

## Nombres de las formas

Las formas más sencillas se llaman simples. Las vemos a menudo y todas reciben nombres concretos, como cuadrado y cubo. Las más complicadas, como la espiral y la elipse, llamadas complejas, también las encontramos en los objetos cotidianos, por ejemplo en las conchas o las flores.

4

Nuestra forma cambia al inclinarnos,
doblarnos o estirarnos.

# Las formas que nos rodean

En la naturaleza hay infinidad de formas, la mayoría muy *bellas*.

La fuerza del agua o del viento suaviza la superficie y redondea la forma de los guijarros.

Vista de lado, la sombrilla de este hongo tiene forma semicircular.

Muchas frutas están divididas en segmentos regulares.

Este fósil de amonita describe una espiral.

Ciertas formas constan de un centro del que surgen otras partes a modo de radios, como los tentáculos de esta estrella de mar.

Los pétalos de las flores suelen conformar un círculo para captar los rayos solares y atraer a los insectos.

7

# Formas de cuatro lados

Existen multitud de formas planas de cuatro lados que nos parecen muy distintas, pero todas están englobadas bajo un mismo nombre: cuadriláteros ("cuadri-" proviene del latín "quadri-" que significa "cuatro").

## Cuadriláteros

Se dice que el cuadrado es "regular" porque tiene muchos aspectos iguales. Los cuadrados del tablero de ajedrez (escaques) tienen:

- cuatro lados del mismo largo;
- cuatro ángulos rectos;
- dos pares de lados paralelos.

El rectángulo tiene:

- dos pares de lados del mismo largo;
- cuatro ángulos rectos;
- dos pares de lados paralelos.

### Rombo

Cuatro lados de igual longitud.

Sin ángulos rectos.

Dos pares de lados paralelos.

### Paralelogramo

Dos pares de lados de igual longitud.

Sin ángulos rectos.

Dos pares de lados paralelos.

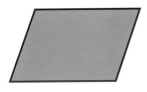

### Trapecio

Dos ángulos rectos... ¡a veces!

Un par de lados iguales... ¡a veces!

Un par de lados paralelos... ¡siempre!

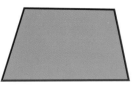

# No tan regular

Como ves, solo el cuadrado perfecto se llama "regular". Los demás cuadriláteros, incluso los rectángulos y los paralelogramos, se denominan "irregulares".

Esta cometa tiene dos pares de lados de igual longitud y un par de ángulos iguales; carece de lados paralelos.

# Tres lados

Las formas de tres lados se llaman triángulos. Hay cuatro tipos de triángulos:

### Equilátero

Los lados tienen la misma longitud, y los ángulos son de 60 grados.

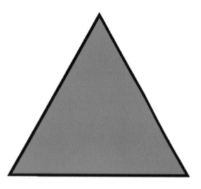

### Escaleno

Esta palabra significa "desigual". Los lados tienen distinta longitud. Los ángulos son diferentes.

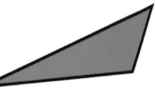

### Isósceles

Esta palabra significa "piernas iguales". Dos lados tienen la misma longitud. Uno es distinto. Dos ángulos son iguales. Uno es distinto.

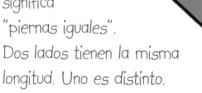

# Ángulos rectos para pirámides

Los egipcios se sirvieron de los triángulos para construir las pirámides; pero para hacer las mediciones necesitaban un triángulo rectángulo (con un ángulo recto).

Para hacerlo anudaron doce veces una cuerda a intervalos regulares.

## SIMPLEMENTE MATEMÁTICAS
### Triángulo rectángulo

Este triángulo tiene un ángulo recto (de 90 grados) y un lado más largo llamado hipotenusa. El ángulo recto está señalado con un cuadradito.

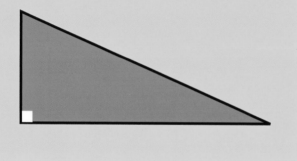

Después de formar el triángulo, clavaron una estaca en los nudos tercero y séptimo.

La última estaca sujetaba dos nudos a la vez, el primero y el duodécimo, y cerraba el triángulo.

# Círculos

La línea recta sale de un punto y continúa indefinidamente, pero la curva puede regresar al punto de partida. ¡Por eso hay tantas en los parques de atracciones!

El London Eye [Ojo de Londres] es una inmensa noria que se eleva muy por encima de la ciudad.

## SIMPLEMENTE MATEMÁTICAS:
### Partes del círculo

Circunferencia: curva cuyos puntos equidistan del centro.

Diámetro: recta que pasa por el centro del círculo y lo corta en dos.

Radio: distancia del centro a cualquier punto del borde.

# Montar en la noria

Si eres valiente no tendrás ningún reparo en subir a la noria. Las barquillas de los asientos están unidas al centro por un radio muy fuerte. Si la observas, verás una característica del círculo: todos los puntos del borde están a la misma distancia del centro.

# Pi

Pi (3,14159…), inventado por los antiguos griegos, es un número que permite calcular la longitud de la circunferencia en relación con su diámetro.

A los egipcios les hubiera venido muy bien, porque sus tierras estaban divididas en círculos y sus impuestos dependían del área que ocupasen. Por eso no hacían más que discutir sobre la extensión de sus propiedades ¡y la cantidad que debían pagar al "fisco"!

# Círculos en las cosechas

Desde hace décadas están apareciendo extraños dibujos en ciertos campos de cultivo. Se llaman "círculos" porque esa es su forma más común. Muchos son de factura humana, pero otros resultan tan misteriosos que ni los científicos logran explicar su origen (¡por eso hay quien dice que están hechos por extraterrestres!).

Este círculo apareció misteriosamente en un campo de Wiltshire, Reino Unido.

# Curvas

Para trazar con exactitud arcos o circunferencias utilizamos un instrumento llamado compás, consistente en dos brazos articulados terminados en punta y unidos por un eje en su parte superior. El compás sirve también para calcular distancias.

Como el compás garantiza que el radio de la curva es siempre el mismo, el círculo trazado es perfecto.

## Curvas de nivel

El mapa topográfico de un terreno indica, mediante curvas de nivel, sus distintas alturas sobre el nivel del mar. Si las curvas de nivel están muy juntas significa que el terreno es muy empinado, es decir, que tiene mucho gradiente. Si están separadas significa que es casi plano: tiene poco gradiente o declive.

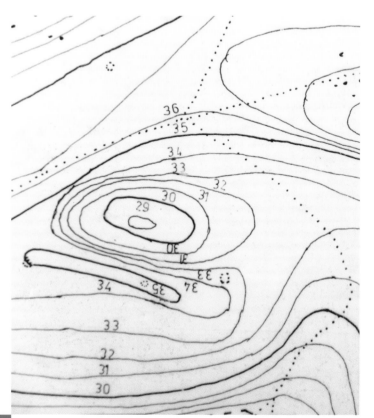

Las curvas de nivel de un mapa topográfico encierran áreas de terreno de la misma altitud.

# Tus huellas dactilares

En las yemas de los dedos hay un dibujo de curvas que podrás reproducir apretando la yema contra un tampón de tinta y presionándola sobre un papel blanco. Nuestras huellas, o impresiones, dactilares son únicas, ya que no hay dos iguales en el mundo. Por ello la policía se las toma a los delincuentes y las compara con las de sus archivos. Este método de identificación es bastante antiguo, pero los ordenadores o computadoras actuales agilizan el trabajo.

# Tipos de huellas

Según el dibujo de las curvas, hay tres clases principales de huellas.

La huella en "lazo" consta de curvas que se cierran sobre sí mismas.

La huella en "arco" se curva hacia arriba en el centro del dedo.

La huella en "espiral" se compone de círculos concéntricos.

# Dando vueltas

Casi todas las máquinas tienen algún tipo de ruedas, en el interior o el exterior. Unas, como los coches y los trenes, se mueven sobre ellas. Otras, como las máquinas de coser, las utilizan para mover determinados componentes.

## Herramientas que giran

Ciertas herramientas se basan en el eje y la rueda, aunque no tengan rueda alguna. El mango del destornillador gira como un eje.

La llave inglesa describe un amplio círculo para sujetar la tuerca al perno.

El mango en forma de U del berbiquí permite describir amplios círculos. Al accionarlo, la broca describe un círculo menor y gira con más fuerza.

# Círculos giratorios

Si movemos el centro del círculo, giramos el círculo. Es el caso de la girándula (rueda llena de cohetes que gira lanzándolos en todas direcciones), un dispositivo pirotécnico cuya velocidad de rotación *solo* permite ver anillos de colores.

Las ruedas del coche giran alrededor de una larga barra llamada eje.

Círculos concéntricos en el agua de un estanque.

# Círculos concéntricos

La piedra arrojada a un estanque provoca unas ondas circulares que se extienden hacia fuera, agrandándose cada vez más. Estos círculos sucesivos con el mismo centro se llaman concéntricos.

# Tres dimensiones

Un equipo de jóvenes futbolistas se prepara para empezar el partido.

La forma que no es plana se denomina tridimensional o volumétrica, y también "sólido" o "cuerpo". El balón, con el que jugamos a tantas cosas, es una esfera: un sólido donde cada punto de la superficie equidista (está a la misma distancia) del centro. Otros cuerpos muy conocidos son el cubo y la pirámide.

# Burbujas

Las burbujas son esféricas. Para hacerlas necesitarás agua y jabón. Este hace que las partículas del agua se separen, pero impide que se aparten demasiado. Cada partícula empuja a las de alrededor, creando una superficie especial, la de menor extensión en relación a su volumen: ¡y resulta que eso es una esfera!

Casi todas las burbujas explotan con rapidez, pero un experto en el tema conservó una durante ¡340 días!

Aunque parezcan muy realistas, si tocaras un holograma, ¡tu mano atravesaría la imagen!

# Hologramas

Las fotos bidimensionales solo muestran la anchura y la altura del objeto. Sin embargo, ciertas fotos son tan realistas que el objeto incluso se mueve; esa ilusión de realidad se consigue fotografiando sus tres dimensiones: anchura, altura y profundidad. Los hologramas son, por tanto, fotos tridimensionales.

# Construir una pirámide

La Gran Pirámide de Giza, en Egipto, se construyó con más de dos millones de bloques de piedra de 2 000 Kilos: ¡igual que dos coches pequeños!

La obra, realizada hace unos 4 500 años, sirvió de tumba al faraón Keops, cuyo cuerpo (acompañado de grandes tesoros, para que los disfrutara en la otra vida) se colocó en una cámara secreta que ocupaba el centro de la pirámide, a fin de evitar los saqueos.

La construcción duró 20 años y las únicas herramientas utilizadas fueron sierras y cinceles de cobre, martillos de piedra y cuñas y palancas de madera.

**1.** En lugar de la potencia de las máquinas, los egipcios usaron la potencia muscular de cientos de miles de obreros.

**2.** Cortaron grandes bloques de piedra en las canteras cercanas...

**3.** ... y los transportaron por la arena con rodillos o trineos.

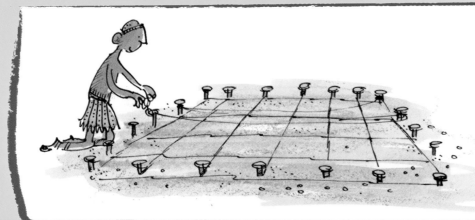

**4.** La base de la pirámide era un cuadrado perfecto trazado con cuerdas y estacas.

**5.** Cuando la pirámide ganaba altura, se apilaban en sus lados grandes rampas de arena para subir las piedras.

**6.** Las palancas sirven para colocar las piedras en su posición definitiva.

**7.** Para dar un último y resplandeciente toque, la pirámide se recubrió con bloques de piedra caliza blanca y pulida.

Pirámides de Giza en su estado actual.

# Formas de muchos lados

Entre estas formas, el pentágono y el hexágono son especialmente comunes tanto en la naturaleza como en las obras humanas. El motivo es que resultan muy resistentes, ya que están compuestas por triángulos encajados. El pentágono consta de cinco triángulos y el hexágono de seis.

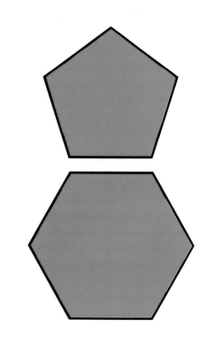

## El Pentágono

Este enorme edificio gubernamental situado en Washington, Estados Unidos, está constituido en realidad por cinco pentágonos concéntricos. Se trata del mayor edificio de oficinas del mundo, con cerca de treinta kilómetros de pasillos de comunicación.

El edificio del Pentágono visto desde el aire reproduce la figura de la que toma su nombre.

# Hexágonos en la naturaleza

Muchas formas naturales constan de seis triángulos equiláteros que configuran un hexágono. Los copos de nieve, por ejemplo, son hexágonos perfectos, aunque solo se aprecie al microscopio.

Cada copo tiene un diseño distinto, pero todos comparten la forma hexagonal.

Copo de nieve visto al microscopio.

Las abejas hacen su panal con celdillas hexagonales que encajan entre sí.

Como casi todos los insectos tienen los ojos divididos en hexágonos minúsculos, es posible que su visión esté fragmentada en formas hexagonales.

Ojos de mosca ampliados varias veces.

# Líneas rectas

La línea recta se compone de la unión de muchísimos puntos situados en la misma dirección. Muchas formas se componen de líneas unidas, sean curvas o rectas. La recta es la línea más corta entre dos puntos.

## Líneas paralelas

Las líneas paralelas son aquellas que siguen la misma dirección sin llegar a tocarse. Los cables de estos postes son paralelos ya que no se tocan.

## Rayos láser

La luz solar se compone de muchos colores distintos. Sus partículas viajan por el espacio en diferentes longitudes de onda, rebotando en los objetos que vemos.

Pero hay un tipo de luz que no se desplaza como la ordinaria: la luz láser recorre largas distancias en línea recta, formando un rayo, porque sus partículas

Los rayos láser atraviesan el cielo
en un concierto pop.

Cuando dos líneas se encuentran en un punto
forman un ángulo, que puede ser:

Recto. El formado por dos líneas
que se cortan en perpendicular.

Agudo. El que es menor
o más cerrado que el recto.

Obtuso. El que es mayor
o más abierto que el recto.

tienen la misma longitud de onda. El láser
se utiliza en telefonía, cirugía, lectura de
discos compactos o de códigos de barras
en los supermercados, y además, para
trazar en el cielo sorprendentes dibujos.
¡Esta luz atraviesa incluso el acero!

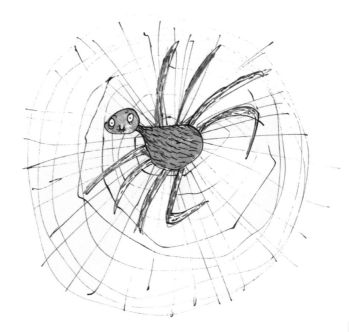

Los radios de la telaraña parten
del centro formando entre
sí ángulos agudos.

# Formas que encajan

Encajar formas es unirlas ajustadamente, como ocurre con las piezas de un rompecabezas o las baldosas de un suelo. Dicho de otro modo, colocarlas de manera que no queden huecos entre ellas.

Los mosaicos son dibujos hechos con miles de trocitos (teselas) de arcilla o de piedra. En la antigua Roma decoraban el suelo de templos y villas con motivos geométricos y las paredes con figuras humanas, animales y plantas.

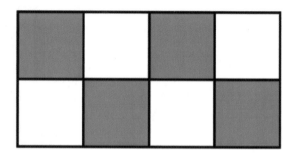

Las formas de lados rectos encajan.

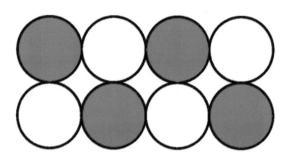

Las formas curvas no.

# Tangram

El tangram es un antiguo rompecabezas japonés de siete piezas que se encajan o combinan para componer infinidad de formas.

La forma y las manchas de esta mariposa son totalmente simétricas.

## Sombras

¿Has jugado alguna vez a "cazar sombras"? Consiste en atrapar las sombras de tus amigos. Lo primero que necesitas es un día soleado, porque solo producirás sombra cuando tu cuerpo bloquee el paso de la luz y le impida alcanzar el suelo.

## Simetría

La forma de la mariposa es estupenda para volar, porque es equilibrada, o simétrica. Si dibujas una línea por su centro, verás que las dos mitades son iguales.

Aunque nuestra forma también parece simétrica, siempre hay ciertas diferencias entre el lado izquierdo y el derecho.

# Formas especulares

Si te ves en un espejo es gracias a que la luz rebota en su superficie y llega hasta tus ojos, como una pelota que rebotara en una pared. Los reflejos se deben a la reflexión (cambio en la dirección o el sentido de la propagación de una onda) que sufre la luz al incidir sobre los objetos.

## El perro y el hueso

Érase una vez un perro que se encontró un hueso estupendo y decidió llevárselo a casa para roerlo tranquilamente.

En el camino de vuelta tuvo que cruzar un arroyo por un tablón que hacía las veces de puente.

Mientras lo cruzaba, miró hacia abajo y descubrió su reflejo en el agua.

# Delante y detrás

Los espejos devuelven imágenes nítidas porque, al ser lisos y brillantes, reflejan casi toda la luz que incide sobre ellos.

Lo raro de tu reflejo es que izquierda y derecha están cambiadas. Si te tocas la oreja derecha, tu reflejo se toca la izquierda; si te tocas la izquierda, tu reflejo se tocará la derecha.

El perro abrió la boca para lanzar amenazadores gruñidos.

De inmediato el hueso se precipitó al arroyo y se hundió en el agua. ¡El tontito del perro se había dejado engañar por su reflejo!

# Acertijos de *Formas simples*

**1. ¿Qué nombre reciben las formas de cuatro lados?**

_____

**2. ¿Qué forma de cuatro lados tiene un solo par de lados paralelos?**

_____

**3. ¿Cómo se llama el triángulo de lados iguales?**

_____

**4. ¿Qué es la esquina de un triángulo de lados de 3, 4 y 5 unidades de largo?**

_____

**5. ¿Cómo se llama la recta que divide en dos a un círculo?**

_____

**6. ¿Cómo se llama el instrumento que sirve para trazar curvas y círculos?**

**7. ¿Cómo se llama el edificio de Washington que tiene una forma muy particular?**

_____

**8. ¿Cómo se llama el ángulo menor que el rectángulo?**

_____

**9. ¿Qué nombre reciben dos líneas rectas que nunca se encuentran?**

_____

**10. ¿Cómo es un objeto que tiene ambas mitades iguales?**

# Índice

SEP 0 9 2013